3. Auflage 2023

Herausgeber: Niemetaler Verlag
                                         37127 Niemetal

Konzept und Gestaltung: Gabriele Sandmüller

Herstellung und Verlag: BoD – Books on Demand, Norderstedt

ISBN: 9783753426495

Inhaltsverzeichnis

Danksagung

Hiermit möchte ich mich von ganzem Herzen bei allen Verwandten, Freunden und Bekannten für die Hilfe bedanken, welche mir beim Schreiben und fertigen dieses Buches zu Teil wurde und zum Gelingen dieser Niederschrift beigetragen hat.

Ein ganz besonderer Dank geht natürlich an meinen Großvater Konstantin, der es durch seine persönliche Niederschrift ermöglicht hat, einen kleinen Einblick in die für uns

„Vergangene Zeit"

zu bekommen.

Gabriele Sandmüller

Vorwort

Dieses Büchlein ist nach den Original - Aufzeichnungen von Konstantin Gottwald entstanden.

Großvater Konstantin machte diese Aufzeichnungen im Jahre 1956 in Leipzig.

Damals plagte ihn in den Wintermonaten die Langeweile und auf Anraten von *Fräulein* Pauline Struckmann, machte er sich an die Arbeit und schrieb jeden Abend in der gemütlichen Wohnküche, seine Erlebnisse nieder.

Gerne erzählte er uns, meiner Großmutter und mir, zwischendurch auch lustige, gruselige und seltsame Geschichten. Wie ich heute weiß, hat er leider viele dieser Episoden nicht mit aufgeschrieben.

Dass jemals seine Aufzeichnungen gelesen werden, damit hat er allerdings nicht gerechnet, denn Großvater war der Meinung:

„Diese Sachen glaubt mir sowieso keiner!"

Nun aber ist es soweit. Seine Erinnerungen sind in diesem Büchlein zusammengefasst und wir können anfangen zu lesen und den Dingen, die da niedergeschrieben sind, unseren Glauben schenken.

Und nun: Viel Spaß und Freude beim Lesen!

Erstellt nach den
Originalaufzeichnungen

von

Großvater Konstantin

Neugersdorf

○ Geburtsort von Konstantin Gottwald

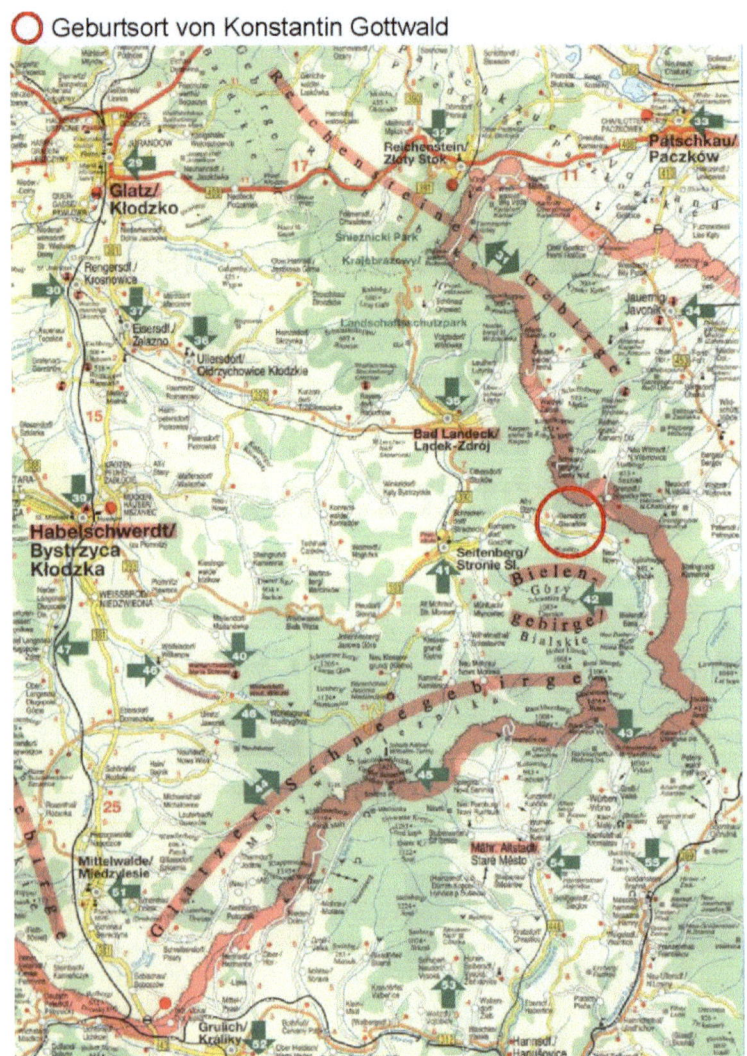

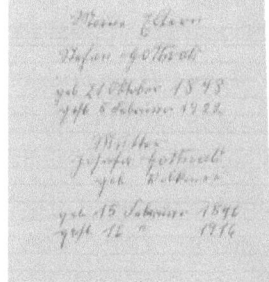

Man schrieb das Jahr 1872.

Josefa Gottwald geb. Volkmer und Ehefrau von Stefan Gottwald, brachte am 13. Oktober des Jahres, es könnte evtl. auch der 11.Oktober gewesen sein, so genau nahm man es damals mit den Eintragungen nicht, in dem kleinen Ort Neu Gersdorf, ihr viertes Kind Konstantin zur Welt.

Neu Gersdorf ist ein in Mittelschlesien, Kreis Habelschwerdt, gelegener idyllischer Ort. Die nächst größere Stadt ist Bad Landeck. Zu Fuß über den Berg, es war die kürzeste Strecke und die gängigste Fortbewegung, brauchte man bis dorthin ca. zwei Stunden.

Es war ein sehr armes und entbehrungsreiches Leben, welches Konstantin, zuletzt mit den noch neun Geschwistern, Josef – Stefan – Caroline – (*Konstantin*) - Franz – Fritz – Berta – Auguste – Anna – und Marie, teilen musste.

Die Familie besaß gewöhnlich 2 Kühe, 1 Ziege, 1 Schwein, 1 Kalb, ein paar Hühner und etwas Landwirtschaft. Dort wurde Roggen, Hafer mit Gerste vermischt und Kartoffeln angebaut.

Die Kühe waren in erster Linie die Milch- und Butterlieferanten, die Ziege sorgte auch für Milch und Käse, das Schwein wurde zum Festtagsbraten, von den Hühnern nutzte man hauptsächlich die Eier und das Kalb wurde für Notfälle und Engpässe großgezogen.

Kartoffeln und Brot waren das Hauptnahrungsmittel der 12 - köpfigen Familie, was man nicht gerade als abwechslungsreich betrachten konnte.

Der Speiseplan sah somit Tag für Tag ähnlich aus. Zum Frühstück Wassersuppe: Hartes, in Stückchen geschnittenes Brot wurde mit kochendem Wasser übergossen und zugedeckt 15 Minuten stehen gelassen. Wenn man hatte, wurde noch ausgelassene braune Butter darüber gegeben. Was, wie mein Großvater zu sagen pflegte: „Den Geschmack erhöhte." Das Mittagessen bestand meistens aus einem Eier- oder Kartoffelgericht welches mit der Einbrenntunke, flüssige Butter mit Mehl vermischt und mit Milch oder Wasser abgelöscht evtl. noch mit Senf oder Kräutern abgeschmeckt, abgerundet wurde. Abends wurden die Reste vom Tage verzehrt oder wieder ähnliches hergerichtet. Fleisch war eine Seltenheit und wurde nur an Festtagen oder zu besonderen Anlässen serviert.

Der Lebensunterhalt für die Familie wurde hauptsächlich durch die Landwirtschaft bestritten, welches damals eine mühselige und harte Arbeit, für die ganze Familie, war.

Zur Erntezeit wurde die Frucht mit der Schubkarre eingefahren. Von dem Landstück an der damals österreichischen-schlesischen Grenze, es war das weit entfernteste bewirtschaftete Land und sehr steil, wurde alles mit dem Schlitten eingeholt. Doch bevor man die Frucht einfahren konnte musste sie erst einmal geerntet werden, was überwiegend mit der Sense geschah.
Gab es jedoch viel Wind, Regen und Unwetter wurde alles mühevoll und zeitraubend, mit der Sichel geschnitten.

Für meinen Großvater war das nicht mal schwerste Arbeit, sondern sie war für ihn einfach   nur langweilig. Er mochte am liebsten die Kartoffelernte. Die Kartoffeln waren immer gut geraten und schnell im Keller.

War die Feldarbeit getan und alles abgeerntet, ging das dreschen mit den Flegeln los. Morgens 4.00 Uhr hieß es: Antreten in der Scheune. Die Eltern und noch 4 Geschwister, es mussten immer 6 Köpfe sein, schlugen den Flegel. Doch wehe einer war nicht im Takt oder passte nicht auf, schon gab es eine Kopfnuss. Viele dieser Nüsse steckten die Kinder ein, bis sie es richtig konnten.

Waren die Kinder in der Schule, reinigte Vater Stefan das Getreide mit einer Wurfschaufel.

Zwischendurch musste dann auch noch das Stroh gebunden werden, das aber ordentlich und bei einer Beleuchtung, wo die Flamme so groß wie eine Schieferspitze war, ansonsten gab es wieder Kopfnüsse.

Das Getreide wurde von dem ansässigen Müller unter Aufsicht von Vater Stefan, zu drei Teilen Hafer-Gerste-Gemisch und 1 Teil Roggen gemahlen. Mutter Josefas Aufgabe war es dann, daraus ein köstliches Brot zu backen und evtl. zu Festtagen auch mal einen Kuchen mit in den Ofen zu schieben.

Obwohl das viele anziehen, ja nur eine dumme Angewohnheit ist, wurde trotzdem auch Kleidung benötigt, für 12 Personen war das schon eine ganze Menge. Aus diesem Grund wurde jedes Jahr aufs Neue Lein angebaut. Dieser wurde mit viel Aufwand geröstet, gedörrt und gesponnen. Der gesponnene Flachs wurde von Nachbarn, welche einen Webstuhl besaßen, zu Leinen gewebt. Aus diesem Leinen, nicht zu vergleichen mit unserem heutigen, nähte man sämtliche Kleidungsstücke, von der Unterhose bis zur Jacke, was sich nicht gerade angenehm an den Körper schmiegte. Selbstverständlich war es auch, dass die kleineren Geschwister die Kleidungsstücke von den großen auftragen mussten. War etwas kaputt gegangen wurde es geflickt oder aus den kaputten und alten Teilen etwas Neues geschneidert.

Doch viel schlimmer war es mit den Schuhen. Vater Stefan nahm, sobald es Frühjahr wurde, den Kindern die Schuhe weg und schloss sie ein, da sie geschont werden mussten. Die ganzen Monate wurde barfuß gelaufen und erst wenn es Herbst wurde und der erste Schnee fiel, bekam man die Schuhe zurück. War es morgens auf dem Schulweg schon gefroren, hatte man nur die Möglichkeit so schnell zu laufen wie man konnte, um sich dann in der Schule die Füße warm zu reiben. Kam der Frost schon früh im Herbst, litt man unendliche Qualen. Großvater bekam im Herbst gewöhnlich die Schuhe von seiner älteren Schwester Caroline, welche natürlich nie so richtig passten, doch war es besser so, als keine zu haben.

Wurde es also Winter und der Monat Dezember nahte, war alles was mit Feldarbeit zu tun hatte unter Dach und Fach. Doch der Winter war nicht zum faulenzen und ausruhen da, denn das Geld war knapp und eine neue Arbeit wurde benötigt.
Das Anfertigen von Streichholzschachteln.

Hierzu der handgeschriebene Originaltext in Sütterlinschrift:

Abschnitt: I

9 Daran müssen 2 sogenannte Pressen
sein, das sind 2 große Rahmen mit
Brettern, oben mit einer langen Schraube
Die Späne, wenn sie gehobelt sind werden
immer 30 bis 40 Stk zusammen, ähnlich wie
ein Spiel Karten so schräg aufeinander
geneigt, vielleicht ½ Zentimeter, diese Enden
werden mit Quarkleim bestrichen, dann
jedes einzelne Blatt um einen solchen
Dorn gewunden und zwischen die Brettchen
geschoben, in einer solchen Presse haben immer
500 Platz. Dazu gehört viel Fingerfertigkeit
und dauert bei einer Person ca ½ Stunde
bei der kl. Presse kann nur eine Person arbeiten
das dauert dann ca 1 Stunde. Es werden
da alle Tage ca 2 Pfund Quark verbraucht.
Es mußten alle Tage vor dem Schulegehen
1000 eingewunden werden. Wenn wir aus
der Schule kamen, war Fortsetzung. Es mußten
den ersten Winter täglich 2 tausend fertig
werden, Jeden Tag gegen Abend wurden die
Späne gehobelt, es mußten da extra Hobel
dazu sein, auch muß das Holz zu den Spänen
schön astrein sein, sonst wird nichts gescheites
Für jedes tausend gab es 80 Pf. weil die 2 tausend
nicht fertig waren gab es keinen Feierabend
das war immer 9 oder halb Zehn. Zuletzt
noch aufräumen. Den ersten Winter haben
wir da 280 tausend angefertigt.

Da die Herstellung der Hölzer im Originaltext schwer verständlich ist, wurde der Originaltext auch gedruckt und anschließend nochmal in Lateinschrift erläutert.

Wenn wir mit dem
Dreschen im Dezember fertig waren,ging das Streichholzschachtel
machen los,dazu muß viel Werkzeug sein.Eine Hobelbank mit den
nötigen Hobeln und 2 Locheisen,mit diesen werden von alten guten
Bauholz 500 Körner zur unteren oder oberen Schachtel der Länge wie
das Holz gewachsen ist,geschlagen.Die oberen Körner sind halb so
lang aber um Spanstärke größer,damit die Schachteln dann zusammen-
gesteckt werden können.Die Oberteile müssen ganz genau sein damit
sie nicht auseinander fallen.Dann müssen sogenannte Horten sein,
das sind zwei große Rahmen mit Brettern,oben mit einer langen
Schraube.Wenn die Späne gehobelt sind werden immer 30 bis 40 Stück
zusammen,ähnlich wie Spielkarten so schräg auseinander gewippt,
vielleicht einen halben Zentimeter,diese Enden werden mit Quarkleim
beschmirt,dann jedes Blatt um einen solchen Korn gewunden und
zwischen die Brettchen geschoben.In einer solchen Horte haben
immer 500 Stück Platz.Dazu gehört viel Fingerfertigkeit und dauernt
bei einer Person za. eine halbe Stunde.Bei der kleinen Horte kann
nur eine Person arbeiten,das dauert dann eine ganze Stunde.Es
werden alle Tage 2 Pfund Quark verbraucht.Täglich mußten vor dem
Schulbeginn tausend eingewunden werden.Wenn wir aus der Schule
kamen,war Fortsetzung.Es mußten den ersten Winter täglich 2000
Schachteln fertig werden.Jrden Abend wurden die Späne gehobelt,mit
besonderen Hobeln konnte das nur gemacht werden.Das Holz mußte auch
ganz astrein sein sonst wird nichts gescheites draus.Für 1000 Stück
gab es 80 Pfennig.Wenn 2000 Stück nicht fertig waren,gab es keinen
Feierabend.Es wurde täglich 9 oder 10 Uhr,dann noch aufräumen.
Den ersten Winter haben wir 280000 angefertig.Unsere Schlafstette
war oben unter dem Dach,da kann sich jeder denken wieveil Schlaf
wir hatten und doch waren wir dabei froh und munter.Später mußten
wir an den unteren Schachtelboden noch Sand machen,da gab es für 1000
Stück 10 Pfennige mehr.Viele können sich keine Vorstellung machen
wie die Schachteln aussahen denn,zu dieser Zeit hatte man noch
keine Schwedenhölzer,unser wurden mit Schwefelhölzern gefüllt.

16

Täglich mussten 2000 Schachteln fertig gestellt werden, eher gab es keinen Feierabend und so kam niemand ins Bett bevor das geschafft und alles aufgeräumt war.

Die fertigen Schachteln wurden zu Fuß mit dem Handwagen in eine Fabrik nach Reichenstein und Patschkau gefahren, wofür es noch einen extra Fuhrlohn gab.
Bis Patschkau war man ca. 15 Stunden unterwegs. Morgens 4.00 Uhr ging es los und wenn alles gut klappte war man gegen 19.00 Uhr an Ort und Stelle. Bei der Fahrt über den Jauersberg wurde vor Ort ein Mann zusätzlich gemietet, welcher für 2 Stunden half den beladenen Wagen, mit über die steile Anhöhe zu bringen. Für seine Dienste bekam er 60 Pfennig Lohn und konnte dann wieder zurück gehen. Die Rückfahrt mit dem leeren Wagen ging dann über Jauernick, welches österreichisches Gebiet war, doch so konnte man eine große Ecke Weg abschneiden und war schneller zu Hause.

Jedes Jahr verlief wie das andere. An der Arbeit änderte sich nicht viel. Neue Geschwister wurden geboren. Zum Lachen gab es selten Gelegenheit. Die Kinder kannten fast nur Gehorsam, Disziplin und viel Arbeit.

Die Streichholz – Route:

Kapitel 2   Kindheit

Die Bezeichnungen Spiel, Sport und Freizeit kannte man damals nicht. Arbeit gab es viel und die Not war groß, so musste jedes Kind schon früh lernen bestimmte Arbeiten gewissenhaft zu erledigen.

So auch mein Großvater Konstantin, der mir oft an den langen Winterabenden bei Kerzenlicht, denn es musste ja Strom gespart werden, von diesen, für mich damals wundersamen Dingen erzählte.

Wie schon erwähnt, wurde Großvater Konstantin als viertes Kind von zehn Geschwistern geboren und war nichts außergewöhnliches mehr. Er wuchs heran, einfach so nebenbei und irgendwann merkte man auch, dass er zu etwas nützlich war.

Die 25 Morgen Land der Familie waren alles andere als fruchtbar, es war ein sehr steiles und steiniges Stück. Der Graswuchs war spärlich und dadurch das Futter und Heu für das Vieh sehr knapp. Aus diesem Grund mussten die Kühe auf die Weide getrieben werden. Dafür war Großvater, mit sieben Jahren, nun groß genug. So wurde es seine Aufgabe die Kühe zu hüten, was für ihn natürlich Schwerstarbeit war.

Doch bald kam die Zeit für die Einschulung und Schulpflicht gab es in einem gewissen Maße schon damals. Die Schule war in zwei Klassen aufgeteilt, davon war eine die Unterstufe, für die jüngeren Jahrgänge und eine die Oberstufe, für die älteren Jahrgänge. Die Unterstufe hatte Unterricht von 13.00 Uhr bis 15.00 Uhr, natürlich ohne Pause und die Oberstufe von 8.00 Uhr bis 12.00 Uhr. Unterricht wurde von ein und demselben Lehrer erteilt. Er war eben alles, Grundschullehrer, Oberschullehrer, Direktor sowie es gerade benötigt wurde.

Für Großvater wurde es eine noch schwierigere Zeit, denn nun musste er morgens die Kühe hüten und nachmittags in die Schule gehen.

Trotzdem war er immer noch zu Streichen aufgelegt, was zur Folge hatte, dass er regelmäßig vom Lehrer den Allerwertesten versohlt bekam und seine Klassenkameraden unter Gelächter daran Anteil nahmen. Nicht etwa aus Schadenfreude, sondern wegen seines Schulranzens oder besser gesagt, wegen seines Leinwandsackes, welcher dem Lehrer beim ausüben seiner Bestrafung in die Quere kam, da ihn Großvater immer umhängen hatte.

Gerechnet und geschrieben wurde auf einer Schiefertafel. Doch ein neuer Stift dafür war teuer, 1 Pfennig kostete er und dafür bekam Großvater kein Geld. Also wurden von den anderen Mitschülern die abgeschriebenen Stückchen -geschachert- (erbettelt oder auch getauscht) und in einen Federkiel gesteckt.

Hatte man zwei Jahre Schule hinter sich, stand die Versetzung zur Oberstufe an. Geprüft wurde im Kopfrechnen. Konnte man dieses, wurde man versetzt, wenn nicht, musste man noch 1 Jahr in der Unterstufe bleiben.

Zum Leidwesen seiner Eltern war Großvater ein helles Köpfchen und auch bekannt dafür.

Da die ersten drei Geschwister schon vormittags in der Oberstufe zur Schule gingen und somit keiner die Kühe hüten konnte, falls Großvater versetzt wurde, sollte er auf Anordnung seines Vaters sich dumm stellen und falsche Antworten geben, was er natürlich aus Angst befolgte.

Doch sein Lehrer durchschaute die Geschichte, hatte daraufhin mit seinem Vater eine handfeste Auseinandersetzung und er selbst bekam obendrein von seinem Lehrer 3 Schläge mit dem Rohrstock auf seine Hände und somit war die Versetzung vollzogen.

Doch nun war noch mehr Arbeit angesagt. Morgens 4.00 Uhr aufstehen und wenn er Glück hatte konnte er um 21.00 Uhr schlafen gehen.

Für ein heutiges Kind unvorstellbar, doch die Not und die damalige Zeit forderten es so.

Unendlich gelitten haben muss Großvater bei diesem Erlebnis, denn oft hat er mir auch diese Episode erzählt.

Vater Stefan nahm, sobald es Frühjahr wurde, den Kindern die Schuhe weg und schloss sie ein, da sie geschont werden mussten. Die ganzen Monate wurde barfuß gelaufen und erst wenn es Herbst wurde und der erste Schnee fiel, bekam man die Schuhe zurück.

So kam es, dass sein ältester Bruder Josef, nachdem er die Schule beendet hatte, nach Bad Landeck in die Lehre kam, um das Handwerk des Klempnermeisters zu erlernen. Die Wäsche, welche er benötigte, musste jede Woche geholt und wieder zurück

gebracht werden, was wieder mal die Aufgabe von Großvater war. Auf einem dieser Wege im Herbst, überraschte ihn ein Eisregen. Die –Schlosen- (Eiskörner) lagen armdick auf der Straße, er rannte was das Zeug hielt, die Leute schlugen die Hände über dem Kopf zusammen als sie die nackten Füße von Großvater sahen. Ein Junge wollte ihm sogar die Schuhe geben, doch leider waren diese zu klein. Grün und Blau gefroren erreichte er trotzdem, sonst unbeschadet, sein zu Hause.

1884 kam dann der zweitälteste Bruder aus der Schule und ging gleich zu einem Stellmacher in die Lehre. Somit war Großvater der älteste Sohn im Haus. 12-jährig war er verantwortlich für die Feldarbeit. Oft hatte er Mühe an dem steilen Hang den Pflug mit den Kühen zu halten. Doch diese Arbeit machte ihm Spaß und er verrichtete sie gerne.

Am 1.10.1886 kam Großvater mit noch weiteren 12 Knaben und 2 Mädchen aus der Schule. Den Winter über musste er zu Hause bleiben und dort die anfallenden Arbeiten verrichten. Gerne hätte er mit den anderen Kindern im Schnee getollt und auch mal einen Schneemann gebaut, doch dieses war strengstens untersagt und so konnte er nur im Eiltempo an den anderen Kindern vorbeilaufen und kurz zur Seite schauen, denn Vater Stefan hielt auch die Zeit seiner Botengänge fest. Kam er nicht schnell genug nach Hause, gab es wieder Prügel.

Die einzige Freude bei seinen Besorgungen waren die heimlichen Kleinigkeiten und das Essen, welches ihm von den Leuten zugesteckt wurde, denn alle wussten wie streng Vater Stefan war.

Im Frühjahr 1887 musste Großvater- *auf Kultur-* (zum Arbeitseinsatz) gehen. Dort wurden auf den großen Waldflächen, wo die Bäume schon gerodet waren, neue Pflanzlöcher gehackt und kleine Fichten gepflanzt. Für ihn als 14-jährigen bedeutete dieses, 5.00 Uhr morgens aufstehen, 1 Stunde Fußweg, um 6.00 Uhr beim Förster sein, den ganzen Tag arbeiten und anschließend wieder 1 Stunde Fußweg zurück. Dafür gab es dann einen Lohn von 50 Pfennig pro Tag, welcher natürlich beim Vater abgeliefert werden musste. Zu Hause angekommen war aber noch kein Feierabend angesagt, denn auf den Feldern mussten noch die Steine -*geklaubt*- (gelesen) werden.

Oft konnte er kaum noch vor Schmerzen stehen, doch dieses wurde ihm als Faulheit ausgelegt.

Großvater war der Ansicht, dass die Schmerzen vom langen Winter kämen, wo er nicht so viel körperlich arbeiten konnte und seine Glieder deshalb steif geworden waren. Auch die Zeit der Baumblüte, war er der Meinung, mache ihm stark zu schaffen. Er fühlte sich oft sehr schlapp und kaputt. Dass es evtl. von der vielen und schweren Arbeit kommen könnte, daran dachte keiner.

Lustige Episoden aus seiner Kindheit gibt es so gut wie keine. Wahrscheinlich war die folgende eine der wenigen, an welche er sich immer wieder erinnert hat.

Die Eltern von Großvater gingen auf Besuch in das Nachbardorf und die Kinder waren allein zu Hause.

Zu Freunden gehen oder draußen spielen war untersagt. So entstand von einem der Kinder der Wunsch, doch einmal Kaffee zu trinken, den es nie im Elternhaus gab. Die Idee fanden alle gut und so suchte jeder sein Vermögen zusammen. 10 Pfennig war die Ausbeute und dieses reichte für etwas Kaffee und sogar ein bisschen Zucker. Unter Geheimhaltung wurden im Laden schnell diese Köstlichkeiten gekauft und die älteste Schwester musste ihn kochen.

Großvater: *„Er war gut geraten und schmeckte herrlich!"*

Großvaters Wunsch war es Hufschmied zu werden und so kam er im Juli 1887 in die Lehre.

Sein Wunsch erfüllte sich.
Vor der Schmiede im Jahre 1929.
Seine Töchter Anna, Hedel, Lenchen, Martha, seine Frau Auguste und Großvater.

Kapitel 3   Vater Stefan

Vater Stefan war ein Tyrann sonders gleichen. Außer Arbeit und Prügel, gab es nicht viel, sogar das sprechen war in der Stube verboten, so dass es zu Hause immer still wie in der Kirche war. Spielen mit anderen Kindern oder sich draußen vergnügen, gab es nur ganz selten und ohne Erlaubnis schon gar nicht.

Schläge waren für Großvater an der Tagesordnung.

" Als Prügelknabe oder Kloppholz wurde mein Leder oft mit einem Strick, an dem ein Eisenring befestigt war, gegerbt."

Je strenger es zu Hause war, desto schlimmer und ausgelassener wurde es auf dem Schulweg oder wenn Vater Stefan nicht zugegen war.

Um die Großfamilie über Wasser zu halten, ging Vater Stefan einer einigermaßen geregelten Arbeit nach und verdiente sich als Holzschläger das Geld. Sein Lohn betrug 80 Pfennig pro Tag, doch wo langte das hin!

Jeden Winter wurde auch vom Patronat, dem Prinz von Preußen, Regent von Braunschweig der Auftrag vergeben, 40 Raummeter Holz für das heizen der Schule, zu schlagen und aus dem Wald zu holen.

In einem Winter übernahm Vater Stefan den Auftrag um Geld in die Kasse zu bekommen. Er bekam 29 Pfennig für den Raummeter. 3 Raummeter mussten am Tag geschafft werden, um dieses zu schaffen musste man ganz schön ran.

Damit hatte sich Vater Stefan so übernommen, dass er schwer erkrankte und die Jungs die Arbeit vollenden mussten.

Als Vater Stefan wieder einigermaßen genesen war konnte er jedoch die Wald- und Feldarbeit nicht mehr ausüben und sattelte um, auf den Beruf des Zimmermanns. Dieses hatte den großen Vorteil, dass er mehr verdiente und zur Folge, dass es einmal mehr Fleisch gab als sonst. Großvater musste das Fleisch aus Bad Landeck holen. 1 Pfund kostete 50 Pfennig. Dieses tat er mit Vergnügen, denn dort bekam er immer ein Stück Wurst extra, nur für sich allein, was aber keiner wissen durfte.

Leider ist sonst von Vater Stefan nichts bekannt und von Mutter Josefa rein gar nichts.

Kapitel 4 Lehrzeit

Am 3. Juli 1887 kam Großvater Konstantin in die Lehre um das Handwerk des Hufschmiedes zu erlernen. Da sein Meister als tüchtiger Mann bekannt war, war man auch der Meinung, dass Großvater dort etwas Ordentliches lernen kann. Seine Mutter verabschiedete ihn mit den Worten: *"Da hast du es gut, dort gibt es alle Tage Kaffee".*

Leider kam alles anders. Gleich am ersten Tag bekam er einen großen Zuschlaghammer in die Hände gedrückt, konnte sich einmal ansehen wie geschlagen wird und das war es, was ihm für die ganze Zeit beigebracht wurde. Dann wurde Großvater der Obhut eines älteren böhmischen Gesellens übergeben der ihn traktierte und unzählige Ohrfeigen verpasste.

Er war also von dem Regen in die Traufe gekommen. Arbeit, Schikane und Schläge, so ging es Tag für Tag. *„Das man da verbittert wird ist kein Wunder."*

Diese Verbitterung führte dazu, dass eines Tages auch Großvater handgreiflich wurde. Wie jeden Tag, erhielt er wieder von dem böhmischen Gesellen eine Ohrfeige. Großvater packte sich den Gesellen und warf ihn in das alte Eisen. Als dieser erst mal regungslos liegen blieb, wurde meinem Großvater bewusst, was für eine Tollheit er getan hatte.

Gott sei Dank stand er nach einer Weile wieder auf und arbeitete weiter. Doch nun wurde alles noch schlimmer und die Schikanen noch größer.

Nicht mal der Meister leistete ihm Beistand, sondern sah wohlwollend den Taten seines Gesellen zu.

Außer seiner Schmiede bewirtschaftete der Meister noch 22 Morgen Acker, hatte ein Fuhrunternehmen mit Pferden, 3 Kutschwagen und 2 Kastenwagen womit zur damaligen Zeit Lohnfuhren gemacht wurden. Da es die Kutscher bei dem Meister nie lange aushielten, mussten Großvater und einer seiner Söhne meistens die Fuhren übernehmen. Transportiert wurden oft Händler mit Ihren Waren, welche in die 30 km entfernte Stadt Glatz wollten, von wo aus es dann mit der Eisenbahn weiterging. Von dort fuhr man weiter bis nach Breslau, um seine Ware auf dem Markt zu verkaufen. Mit dem Fuhrwerk brauchte man ca. 6 Stunden für die 30 km. Für Großvater bedeutete dieses, morgens in der Frühe aufstehen, nachts irgendwann nach Hause kommen, dann wieder arbeiten. Wenn überhaupt bekamen die Pferde und wenn es auch nur trocken Brot war, bald mehr zu essen als er. Da die Pferde überwiegend von Großvater geritten wurden, weil auf dem Kutschbock kein Platz mehr war, kam es nicht selten vor das sein Allerwertester, bedingt durch die mageren Pferde, oft durchgeritten war und immer schmerzte.

Sonntags hieß es dann Kutschwagen waschen, natürlich ohne Lohn, die eigene Wäsche flicken und in Ordnung bringen und wenn noch ein bisschen Zeit war, sich ausruhen.

Nach 2 ½ Jahren kam zur Freude von Großvater der älteste Sohn des Meisters auch in die Schmiedelehre um dieses Handwerk zu erlernen.

Warum auch immer, hegte Großvater die Hoffnung, dass es ihm nun besser gehen würde und er endlich auch etwas lernen könnte. Doch da hatte er sich gewaltig getäuscht. Der Sohn entpuppte sich als schlimmerer Schläger, wie der böhmische Geselle. Nun floss noch mehr Blut.

Als er eines Morgens ohne Anlass wieder geschlagen wurde, nahm er seine Sachen und lief davon.

Im Frühjahr 1890 fing für Großvater somit die Wanderschaft an. Besser gesagt war es zuerst einmal die Flucht vor seinem Lehrmeister, welchen er wegen der vielen Schläge die er dort bekam, Hals über Kopf verlassen hatte. Zu Hause durfte er sich deswegen nicht blicken lassen. Aber wohin? So war seine erste Station Elsterberg im Voigtland, wo zwei seiner Brüder Arbeit gefunden hatten. Seine Brüder nahmen ihn auf und besorgten ihm eine Stelle, wo er noch 4 Monate lernen konnte um dann von seinem Meister als Schmied freigesprochen wurde. Dort war Großvater zufrieden und auch glücklich. Sogar Lohn von 2 Mark die Woche, bekam er von Anfang an. Nach der Freisprechung konnte er bei dem Meister bleiben und arbeitete dann hauptsächlich als Bauschlosser und fertigte Staken-Zäune an.

Auch an einem ganz besonderen Ereignis konnte Großvater in dieser Zeit teilhaben. Albert der II., König von Sachsen, meldete seinen Besuch an um eine alte Ruine zu besichtigen. Sein Meister bekam den Auftrag bei der Ruine eine Sommerlaube zu errichten, worin sich der König niederlassen konnte. Mit einem Großteil dieser Arbeit war auch Großvater beauftragt, was natürlich für ihn eine besondere Ehre war.

An der Rückseite der Laube wurde noch eine Tafel mit den Initialen A.R. angefertigt und montiert.

Am Tag als der König eintraf und durch die Stadt fuhr wurden die guten Plätze zum Sehen, mit 5 Mark gehandelt. Großvater hatte aber Glück und durfte bei seinem Meister in der Wohnung aus dem Fenster zuschauen, denn diese führte direkt auf die Straße. Das war natürlich eine Riesenfreude.

Leider blieben dem Meister im Winter die Aufträge aus und es gab für Großvater keine Arbeit mehr. So musste er sein Ränzel schnüren. Und jetzt begann die richtige Wanderschaft.

Kapitel 5 Wanderschaft

Im Winter 1890 begann ein neues Abenteuer, die Wanderschaft. Was kam wohl jetzt alles auf Großvater zu?

Sein Weg führte ihn von Elsterberg über Greiz nach Reichenbach bis nach Zwickau. Dort bekam er endlich Arbeit in einer Schmiede, welche der Meister alleine bewirtschaftete. Da es viele Pferde zu beschlagen gab konnte er gleich anfangen und auf Bitten von Großvater lernte er dort erstmals wie die Eisen auf die Hufe genagelt wurden.

Doch im März 1891 hieß es wieder Abschied nehmen, weil es nicht ausreichend Arbeit für beide gab und wieder hieß es Ränzel schnüren und weiterziehen.

Die nächste Station war Öderan wo er schnell neue Arbeit als Schmied bekam. Doch der Freude folgte ein böses Erwachen. Großvater war gelernter Hufschmied und konnte so gut wie nichts. Sein Meister beschimpfte ihn fortwährend und nannte ihn nur Schafsschädel. Gezeigt wurde ihm wieder nichts und so musste er nach vier Wochen gehen.

Weiter ging es über Freiburg und Dresden bis Radeberg. Dort wusste der Herbergsvater eine Arbeit zu vermitteln mit dem Zusatz: Länger als 3 Tage hält es dort aber niemand aus.

„Doch was sollte ich machen? Es war März, kalt, den Pelz voller Läuse und mein Wanst hungrig."

Der Meister nicht mehr jung, total dem Alkohol verfallen, tyrannisierte ihn nach Herzenslust und betitelte ihn immer mit

„alberner Kerl". Doch es gab Arbeit und dafür Geld. Die Unterkunft war allerdings alles andere als gemütlich. Eine Kammer unter dem Dach übersät von Wanzen, welche vor dem schlafen gehen von der Bettdecke geschüttelt wurden, doch Großvater nicht weiter störten. *„Diese Tierchen taten mir nichts".* Dafür machten ihm aber die (*Hader-*) Läuse sehr zu schaffen. Zur weiteren Familie gehörten noch eine Meisterin, ein Sohn und eine Tochter, welche ihn auch bekochten und seine Wäsche machten.

Nach 2 Monaten hatte sich Großvater gut eingearbeitet und viel dazu gelernt so dass er oft alleine in der Schmiede stand, weil der Meister vor lauter Alkoholgenuss nicht fähig war zu arbeiten. *„Der Schnaps war sein Herr."* Gab es schwierige oder viel Arbeit, halfen vormittags die Meisterin und nachmittags der Sohn, welcher das letzte Jahr zu Schule ging.

In Radeberg gab es sieben Glashütten für welche nun Großvater Glasmacher Werkzeuge herstellte. Auch wurden von dort Glasmacherpfeifen nach Teplitz in Böhmen und Braunlage im Harz verschickt. Großvater gefiel die Arbeit. Er konnte selbstständig am Feuer arbeiten und war sein eigener Herr. Wenn da nicht die zunehmende Schikane von dem Meister gewesen wäre.

Je selbstständiger Großvater arbeitete, je mehr gab der Meister sich dem Alkohol hin und wurde immer ausfallender, bis die Situationen nur noch mit Kinnhaken geregelt wurden. Trotz flehen der Meisterin und der Kinder und einigen Versuchen zu bleiben, kündigte Großvater dann zum Ende des Jahres seine Arbeit.

Sein nächstes Ziel war Königsbrück wo er bis Weihnachten

arbeiten konnte. Von dort aus führte sein Weg erst mal nach Hause.

Im Frühjahr 1892 ging es von zu Hause aus wieder in die Fremde. Mit zwei anderen Wandergesellen, welche er unterwegs getroffen hatte, fuhr er mit der Eisenbahn bis nach Görlitz. Weiter ging es zu Fuß bis Dresden, von da mit dem Dampfer bis Riesa und von Riesa wiederum zu Fuß bis Wurzen. In Wurzen fanden seine beiden Wandergesellen Arbeit, doch Großvater musste weiterziehen. Allein ging es dann weiter, meist zu Fuß, über Leipzig, Bitterfeld, Halle an der Saale, wo Großvater zum ersten Mal eine elektrische Straßenbahn sah, bis Dessau.

Dessau war Endstation, denn bis auf 7 Pfennig, hatte Großvater nichts mehr. In der Herberge angekommen gesellte sich ein Kumpan, dem es genau so erging, zu ihm. Aus der Not heraus beschlossen beide fechten (betteln) zu gehen. In der Handwerksburschensprache nennt man das Klinge putzen.

Betteln war zu der Zeit strengstens verboten. Wurde man beim ersten Mal erwischt, bekam man drei Tage Haft, beim nächsten Mal verschwand man auf längere Zeit.

So gingen also beide mit zitternden Gliedern los. Großvater zu den Fleischern, der andere Geselle zu den Bäckern. Am vereinbarten Treffpunkt, Uhrzeit 9.00 Uhr, teilten dann beide das was sie *eingefangen* hatten. Trotz der Angst im Nacken, machten sie es noch einige Tage weiter, denn immer siegte der Hunger.

In dieser Zeit bot sich für hungrige und arbeitslose noch die Gelegenheit, *in Verpflegung zu gehen*. Das bedeutet, man bekam sogenannte Verpflegungsstation zugewiesen. Dort musste man 4 bis 6 Stunden arbeiten und bekam dafür ein Nachtlager,

Abendbrot und einen geringen Lohn.

In Nordhausen auf dem Kloster bot sich für Großvater die erste Gelegenheit. Die Arbeit bestand aus Kohle schaufeln, transportieren bzw. verteilen. Die 2.Station war Sondershausen, dort wurde er zum Kartoffel schälen eingeteilt. In Walschleben dann, ging es härter zu. Steine klopfen und Holz sägen war angesagt.

Da man von einer Verpflegungsstation zur anderen immer noch Stundenlang zu Fuß unterwegs war, das Geld knapp und der Hunger nie ein Ende nahm, musste man *stramm ausschreiten* um rechtzeitig das neue Ziel zu erreichen.

Der Hunger veranlasste Großvater doch ab und zu noch mal die Klinke zu putzen, bevor er die nächste Station erreichte. So führte ihn sein Weg weiter nach Erfurt, wo er voller Bewunderung den Dom besichtigt hat.

Am Freitag vor Pfingsten, in Weimar angekommen, kam er auf die Idee seine Kupfermünzen zu zählen. Zur Freude reichten diese gerade für eine Fahrkarte nach Greiz um zwei seiner Brüder zu besuchen. Doch der Empfang war nicht gerade herzlich und so zog Großvater wieder weiter, ohne Geld und Ziel.

Seine erste Begegnung auf diesem Weg, war ein Trupp junger Burschen. Mit der Erwartung Schläge zu bekommen und einem flauen Gefühl im Magen, kreuzten sich die Wege. Doch zu seinem Erstaunen erwiesen sich diese Gesellen als nette Burschen. Jeder von ihnen gab Großvater ein Scherflein zur Wegzehrung, worüber die Freude natürlich groß war.

Wieder einmal war er in Reichenbach angekommen. Arbeit fand sich dort schnell bei einem Meister, welcher sich gerade selbstständig gemacht hatte und für den Großvater wie gerufen kam. Dort wurden Eimerbeschläge angefertigt. Großvater musste es auf 50 Stück pro Stunde bringen, sonst drohte der Rausschmiss. Doch nach 4 Wochen ging Großvater freiwillig.

Auf seinem Marsch zur nächsten Arbeitsstelle und wie immer, den Hunger als Begleitung, konnte er an einem Kirschbaum nicht vorbeigehen ohne sich daran zu laben. Was zur Folge hatte das der Eigentümer diese sah, böse wurde und ein heftiger Streit mit Androhung von Schlägen, wegnehmen des Arbeitsbuches und Polizeigewahrsam, eskalierte. Doch dieses Mal gewann Großvater die Oberhand und das Glück ließ ihn weiterziehen bis Altenburg.

Da sich in Altenburg keine Arbeit für ihn fand, nahm er wieder die Verpflegungsstation an und dieses hieß, Holz hacken.

Gestärkt und mit etwas Geld ging es weiter nach Grimma. Auf den Weg dorthin schlug er sein Nachtlager, auf einer gemähten Wiese unter einigen Büschen, auf. Wach geworden durch ein Geräusch, trauten er in der mondhellen Nacht seinen Augen kaum, denn zum Greifen nah stand ein *Sechserbock* vor ihm und fraß von den Büschen. Doch nun hatte dieser Luft bekommen und war mit einem Satz weg. Das waren die seltenen schönen Momente dieser Wanderschaft.

Da es in Grimma keine Arbeit gab, ging er weiter bis Wurzen, wo er seine beiden Wandergesellen wiedertraf, welche bei einem Schuster arbeiteten. Großvater fand in einer Schmiede Arbeit, welche eine Knochenmühle war. Gearbeitet wurde von früh 4 Uhr bis abends 22 Uhr und auch sonntags mussten bei Bedarf Pferde beschlagen werden.

Essen gab es, außer sonntags, 6-mal die Woche Pellkartoffel und

Hering als Mittagessen und 6mal die Woche 3te Sorte Brot mit amerikanischem Schmalz als Abendessen. Dafür war der Lohn etwas besser 5,50 Mark pro Woche erhielt Großvater und da die Läden auch sonntags bis 21 Uhr geöffnet hatten kaufte er sich für das Geld öfter, *was das Herz begehrte,* um bei Kräften zu bleiben.

Sein Kollege schon schlapp und abgemagert von der einseitigen Kost, hatte zu allem Überdruss auch noch X-Beine. Jede Nacht band er sich die Beine zusammen und steckte zwischen die Knie ein Holzstück, in der Hoffnung, dass seine Beine gerade würden. Doch geholfen hat es nichts.

Am 1.September 1892 ging Großvater mit seinen beiden Wandergesellen weiter auf die Walz. Wieder ging es Richtung Leipzig, Halle an der Saale, in den Harz nach Goslar. Tagelang wurde sich von Obst ernährt, doch dann wurde wieder die Klinke geputzt und das Geld redlich geteilt. Sogar ein Gendarm war ihnen freundlich gesonnen, zeigte sie nicht an, sondern gab jedem einen Topf Kaffee und eine Fettschnitte. Wieder mal Glück gehabt.

Im Herbst 1892 grassierte in Hamburg die Cholera und so kam den dreien die Idee als Krankenträger nach Hamburg zu gehen.

Doch auf dem Weg von Braunschweig nach Hildesheim machte ein Kollege, bedingt durch die karge Ernährung und das viel *Plattmachen* (gehen), schlapp.

Glücklicherweise nahm ein Rübenwagen die drei bis Hildesheim mit. Als Lohn verlangte der Kutscher die Stiefel des einen Gesellen, doch dieses war vorher nicht abgemacht und so ging nach heftigem Streit mit dem Kutscher, jeder seines Weges.

Da saßen nun die drei in der Herberger, keiner hatte einen Pfennig Geld. So blieb Großvater nichts anderes übrig, als seine Taschenuhr zu versetzen, welche er aber nach einiger Zeit wieder einlösen konnte, denn schnell fand er Arbeit in der Schmiede einer Kutschwagenfabrik. Seine beiden Kollegen bekamen Arbeit außerhalb von Hildesheim zugewiesen.

Der Chef des Betriebes war schon sehr alt und hatte kein rechtes Interesse mehr an der Arbeit. Doch es gab außer ihm noch 1 Stellmacher, 1 Kastenbauer, 1 Sattler, 1 Lackierer und 1 Schlosser. Dort war für Großvater ein gutes arbeiten. Im Winter in der Früh, wenn es sehr kalt war wurde Großvater von seinem Meister mit komm Schlesinger, so nannte er ihn, zum Ringkampf aufgefordert damit die Knochen warm wurden. Die erste Zeit war Großvater immer der Verlierer, doch der Spaß an der Sache ließ ihn schnell alle Kniffe lernen und so stand er mit der Zeit auch da seinen Mann.

Auch Begebenheiten, wie z.B. die folgende, brachten Abwechslung in das doch so karge Dasein und blieben Zeitlebens im Kopf haften.

Eines Abends auf dem Heimweg von der Arbeit, es hatte vorher heftig geschneit, kam Großvater dazu wie ein Student einen Kutscher mit Schnee bewarf, welches dann zu einer aggressiven Schneeballschlacht ausartete. Mein Großvater und sein Kollege blieben stehen und schauten diesem Schauspiel zu. Nach einiger Zeit rannte der Student plötzlich davon und war nicht mehr zu sehen. Der Kutscher in seiner Wut ging dann auf Großvater los und packte ihn so am Hals das ihm die Luft wegblieb und Großvater dachte, seine letzte Stunde hat geschlagen. Mit letzter Kraft versetzte er dem Kutscher einen Stoß in den Unterleib, worauf dieser ihn sofort los lies, dann aber noch von Großvater ordentlich verdroschen wurde. Dieser besagte Kutscher fing dann kurze Zeit später auch in der Fabrik an zu arbeiten und wenn er Großvater sah, machte er einen großen Bogen um ihn.

Großvater gefiel es sehr gut in der Fabrik und auch in Hildesheim. Inzwischen war er auch Mitglied im Schmiedeklub geworden und erlebte dadurch 1893 sein erstes Volksfest mit großem Umzug, wo er mitgehen durfte.

Das gute Verhältnis zu seinem Meister ermöglichte Großvater auch den Zugang zum Hildesheimer Dom und somit das Kennen lernen des tausendjährigen Rosenstockes. Sein Meister half die Glocken auf dem Andreasturm zu läuten. Als Großvater auch dort angelernt war, vertrat er oft den Meister und durfte auch die Glocken erklingen lassen. Die Glocken wurden damals nur zu Besonderheiten geläutet.

15 Männer wurden benötigt um die Glocken zum Klingen zu bringen. 8 Männer für die große Glocke, welche 175 Zentner wog,

4 Männer für die nächste kleinere, 2 Männer für die mittlere und 1 Mann für die kleinste. Dazu mussten aber erst 300 Stufen bis in den Turm zurückgelegt werden. Nach dem läuten konnte sich dann Großvater, manchmal sogar bis zu 4 Mark, auf den Lohn freuen.

Jäh nahm diese schöne Zeit ein Ende als Großvater fast 21-jährig, am 5.10.1893 zum Militär eingezogen wurde.

Übrigens: Die ersten 2 Jahre in der Fremde trug Großvater immer noch die Kleidung samt Unterwäsche aus Leinwand. Mit 20 Jahren kaufte er sich seine erste Unterhose aus Baumwolle und auch ein Rinderfell, woraus er sich aus dem vorderen Teil eine

Schürze machen ließ und aus dem hinteren Teil 1 Paar Stiefel.

Nach der Militärzeit

Im Sommer 1896 bedingt durch eine Verletzung an seinem Fuß nahm Großvater ungewollt wieder die Wanderschaft auf. In Breslau bei einer Tante wo er die Verletzung auskurierte, wäre er gerne geblieben doch es fand sich keine Arbeit.

Von Breslau ging es nach Mecklenburg durch die Lüneburger Heide bis nach Hannover, doch erst wieder in Hildesheim hatte er Glück und fand Arbeit. Ein Meister ließ gleich nach Großvater schicken, denn ein alter Kollege erinnerte sich an ihn und empfahl ihn sozusagen.

Großvater kam dem Meister wie gerufen, denn dieser hatte einen Auftrag angenommen den er selbst nicht im Stande war zu erledigen. Es galt einen Eiswagen zu beschlagen. Da der Meister wusste, dass Großvater vorher in der Kutschwagenfabrik gearbeitet hatte, war er genau der Richtig für diese Arbeit.

Gleich Montagmorgen sollte es losgehen, der Meister und erste Gesellen wollten ihm helfen. So was war nun Großvater gar nicht gewohnt und hatte ganz schön schieß. *„Da hieß es, sich ordentlich auf die Hinterbeine stellen."* Dazu kam noch das der Wagen bis zum Ende der Woche fertig sein sollte. Der Meister und auch der Eigentümer des Wagens versprachen Großvater je 3 Mark extra, wenn er das schaffen würde. Sonnabend gegen Abend war es geschafft, der Wagen war fertig und alle zufrieden. Zur Feier des Tages machte der Meister sogar ein Fässchen Bier auf und Großvater war sehr stolz auf sich.

Die Hauptarbeit bei dem Meister war, die Pferde zu beschlagen wozu auch das Huf aufschneiden gehörte. Doch dieses hatte

Großvater nie richtig gelernt und prompt ging es daneben, weil er zu tief schnitt und der Huf blutete. Großvater ärgerte und schämte sich sehr deswegen, vor allem bangte er um seinen Arbeitsplatz. Er beichtete dem Meister alles und bekannte sich auch dazu, dass er dieses nicht richtig konnte, in der Annahme jetzt seine Arbeit zu verlieren. Doch der Meister war sehr einsichtig und traf eine Abmachung mit Großvater. Großvater sollte ihm den Kutschwagenbau beibringen und der Meister würde ihm den gesamten Hufbeschlag zeigen.

Beide hielten sich an diese Vereinbarung und lernten viel voneinander. Großvater: *„Dafür bin ich ihm sogar heute noch dankbar!"*

Der Meister und Großvater verstanden sich sehr gut und nach Feierabend wurde dann auch öfters mal ein Schnaps getrunken. Mit der Zeit gesellte sich noch ein Maurerpolier dazu welcher sich nicht lumpen ließ und gleich einen halben Liter ausgab.

Diese hatte zur Folge, dass Großvater und der Meister auch einen halben Liter ausgaben. So wurde also jeden Abend 1 ½ Liter Nordhäuser getrunken. Dieses ging so lange weiter bis Großvater eines Tages merkte, dass ihm bei akkurater Arbeit die Hände zitterten. *„Das kann doch nur von dem Nordhäuser sein!"* Als nun wieder Schnaps geholt wurde trank er nicht mehr mit. Da gingen natürlich das Gelächter und die Hänseleien los. Als die beiden dann alleine waren erklärte Großvater dem Meister die Lage. *„Ich möchte später nicht Schnapsbruder genannt werden!"* Der Meister zeigte Verständnis und ab sofort hörte das Schnapstrinken für alle auf.

Arbeit gab es genug, doch mit der Zeit gab es für Großvater keinen Feierabend mehr. Der Meister verließ sich immer mehr auf Großvater und gönnte sich   mit den Bierhändlern, welche ihre Pferde erst nach Feierabend so gegen 18.00 Uhr, zum beschlagen brachten, einen gemütlichen Abend im Wirtshaus.

Die Gesellen bekamen zwar von den Händlern jedes Mal einen Kasten Bier gratis, doch richtig Zeit zum Trinken hatten sie nicht. So wurden bis in die Nachtstunden Pferde beschlagen.

Im Sommer 1897 war es besonders schlimm, denn der Sommer war heiß und noch mehr heiß war es in der Schmiede, doch frische Luft schnappen oder sich abkühlen, ging einfach nicht. Sogar die Mutter des Meisters, er selbst war nicht verheiratet, sprach oft für die Gesellen und bat den Sohn sogar Großvater auch mal abzulösen, doch nichts dergleichen tat sich.

Eines Tages, wie vom Himmel geschickt, kam ein Kollege welcher Großvater auch noch von früher kannte und bot ihn eine Stelle in der Nähe von Hameln an.

An einem freien Sonntag machte Großvater sich auf den Weg um sich diese Fabrik anzusehen. Es war ein großes Kalkwerk mit eigenem Eisenbahnanschluss und drei Lokomotiven sowie fünf Ringöfen. Großvater war beeindruckt, ließ sich die Sache durch den Kopf gehen und kurze Zeit später stellte er sich dort vor. Er wurde sofort angenommen. Großvater wurde gut eingearbeitet und war nun für das beschlagen und reparieren der fabrikeigenen Eisenbahnwagen zuständig. Das Gleis ging direkt bis vor den Amboss. Und wieder mal hatte er es gut getroffen. Sogar eine Wohnung war für ihn reserviert, denn es könnte ja sein, dass er plötzlich heiraten möchte.

Doch lange währte dieses Glück nicht. Seine Eltern baten ihn dringen nach Hause zu kommen, der Schmied im Dorf wäre sehr krank und Vater Stefan hätte schon alles geregelt. Großvater haderte sehr mit sich, denn so eine schöne Stelle würde er nie wiederbekommen und zu Hause wusste er nicht was auf ihn zukommt. Doch die Eltern bedrängten ihn so sehr, dass er nachgab und wieder nach Hause fuhr.

Kapitel 6   Militärzeit

Am 5.10.1893 fing für Großvater die Militärzeit an, er wurde in Lüneburg stationiert und kam zur Kavallerie, dem 5ten Eskadron Dragoner Regiment 16.

Gleich bei der Begrüßungsansprache durch einen alten Rittmeister, wurde einem klar was zu erwarten war. Disziplin oder Dresche.
Neu eingekleidet wurde auf den Stuben der Beritt (alle Sachen welche der Reiter benötigt) zum Putzen in Empfang genommen. Nach getaner Arbeit, so gegen 23 Uhr, zündete sich Großvater sein Pfeifchen an und setzte sich nieder. Kurz darauf trat der Stubengefreite ein, rief Achtung und ließ alle strammstehen. Da Großvater erst seine Pfeife weiter rauchen wollte bekam er eine kräftige Ohrfeige von dem Stubengefreiten. Doch statt sich zu fügen schlug Großvater zurück. Nun wurde Hilfe geholt und das Schicksal nahm seinen Lauf. Der nächste Gefreite, bewaffnet mit einem Stock, wollte diesen auf Großvaters Haupt schlagen, doch ehe es dazu kam zerbrach der Stock auf dem Kopf des Gefreiten. Nun entfachte ein fürchterlicher Kampf 2 zu 1. Doch Großvater, dank der regelmäßigen Ringkämpfe mit seinem Meister, schmiss einen Gefreiten über den Tisch der zu Bruch ging, den anderen durch die Stube wobei der Ofen umfiel und versetzte beide ins Schach matt.

Alle anderen in der Stube waren starr vor Schrecken und Angst. Als die beiden Gefreiten sich aufgerappelt hatten verließen sie die Stube.

Es dauerte vielleicht eine Viertelstunde bis die Tür wieder

aufging und Offiziere, Unteroffiziere und Sergeanten eintraten um sich diesen Rüpel vorzunehmen und kennen zu lernen. Nach etlichen Standpauken sollte Großvater noch als Strafdienst den Mülleimer auf den Hof tragen und entleeren. Nichts Gutes ahnend ging er raus und war auch schon von etlichen, es können 8 bis 10 gewesen sein, Soldaten umringt. Alle hatten Deckengurte und Halfter bei sich um Großvater damit richtig zu verprügeln. Einiges hat er auch einstecken müssen, doch seine Wendigkeit und Schläue den Eimer über den Kopf kreisen zu lassen, hat natürlich auch einige Schädel seiner Peiniger getroffen und weg waren sie auf einmal. Das war natürlich eine Blamage für die gestandenen alten Soldaten. Nun sollte der Heilige Geist Großvater besuchen. Der Heilige Geist besteht aus 4 Männern, 2 halten den zu besuchenden fest und stülpen ihm eine Decke über den Kopf und 2 Mann dreschen zu. Über eine Woche lag Großvater nachts auf der Lauer, doch kein Heiliger Geist kam.

Durch Zufall, auf einem Gang ins Lazarett, kam dann auch das Gespräch auf den Mann mit den Bärenkräften und die Geschichten von Großvater wurden in den grellsten Farben geschildert.

Als Großvater nach diesem Mann in seiner Schwadron gefragt wurde, rückte er dann mit der Wahrheit raus und stellte sich vor. So erfuhr er, dass man Respekt und Angst vor ihm hatte und er den heiligen Geist nicht mehr befürchten musste. Doch Großvaters Stubenkameraden mussten weiter leiden.

Kam der Berittführer in die Stube und seine Sachen waren noch nicht fertig geputzt, schmiss er die Stiefel, Helm, Koppel, Säbel und alles was dazu gehörte der Mannschaft regelrecht an den

Kopf und beauftragte den Gefreiten Schade, zusätzlich noch Schläge mit einem dicken Bambusknüppel auszuteilen. Alle duckten sich und hatten Angst, nur Großvater blieb verschont. Obwohl Großvater sich anbot den Gefreiten zu verdreschen, wenn er wieder kam und die anderen sich hinter ihn stellen sollten, hatte keiner den Mut dieses zu tun und so mussten sie abermals die Schläge einstecken. *„Da habe ich mir gedacht: Wenn ihr so feige seid, verdient ihr es nicht anders."* Und das, obwohl der Stubenkamerad Strauß aus dem Elsass, schon solche Schläge auf den Kopf bekommen hatte, dass er 13 Wochen im Lazarett zubringen musste und seitdem an epileptischen Anfällen litt.

Wie schon erwähnt, traute sich keiner mehr, Großvater anzufassen, dafür wurde er zu sämtlichen anderen „Strafarbeiten" abkommandiert. So auch einmal zum vorreiten aller Gangarten wobei der Oberst das Kommando gab.

Dieses geschah aber erst nach einstündigem Stillstehen auf dem Exerzierplatz, wo Ross und Reiter, durch die lausige Kälte, schon wie erstarrt waren. Trotzdem muss er wohl das Schulreiten zur Zufriedenheit des Obersts gemacht haben, den als Lob bekam er die Faust des Obersts unter sein Kinn und hörte die Worte: *„Das war dein Glück, du Aas!"* Daraufhin nahm der Oberst sein Pferd, ritt mit der Abteilung zur Kaserne zurück und Großvater lief zu Fuß hinterher.

Da Großvater wegen Zeitmangel im Wachwechsel seinen Helm nicht richtig geputzt hatte, geriet er doch mal an einen Unteroffizier der es wagte, Großvater den Helm wegzunehmen und in sein Gesicht zu schlagen, so dass er fürchterlich blutete. Daraufhin nahm Großvater den Unteroffizier und wollte ihn aus dem Fenster werfen. Glücklicherweise fiel ihm noch rechtzeitig ein, dass die beiden sich ja im 2. Geschoss befanden. Der Gute hätte tot sein können und er selbst den Rest seines Lebens hinter Gittern verbringen müssen. So ließ er von ihm ab und von Stunde an herrschte Frieden zwischen den beiden.

Einige Tage nach diesem Vorfall wurde Großvater sogar das Angebot gemacht auf die Kriegsschule nach Hannover zu gehen. Mit Freude nahm er dieses Angebot an. Er bekam neue Kleidung, ein Pferd und eine Bahnreise nach Hannover. 8 Tage später war er schon dort und zu seinen Aufgaben gehörte es auch als Schmied seinen Hammer zu schwingen und die Pferde beschlagen.

Leider brachte ihm der Aufenthalt in Hannover kein Glück. Durch tragen von schweren Hafersäcken zog Großvater, laut Befund von Dr. Neuhaus in der Kriegsschule, sich einen doppelten Leistenbruch zu. Er bekam ein Bruchband verpasst und musste zu seiner Schwadron nach Lüneburg zurück. In Lüneburg lag er dann erst mal im Lazarett. Wie es dort zu ging war im Text eines Liedes festgehalten, welches die Soldaten auf ihrem Marsch gesungen haben:

Kommt man in das Lazarett, kriegt man dort ein schneeweiß' Bett und dann noch bei vierter Form (?), da wird man wie ein Regenwurm!

Ein Unterlazarett Gehilfe, er kam aus Freiburg, hatte Mitleid mit Großvater und gab ihm immer heimlich einen Teil von seinem Essen ab. Nach 4 Wochen wurde Großvater entlassen und kam in die Kaserne zurück. Doch er war für den Militärdienst nicht mehr tauglich und musste abwechselnd mal 14 Tage beim Schneider helfen, dann 14 Tage beim Schuster und auch beim Sattler. Nach einiger Zeit teilte man ihm die Entlassung aus dem Militär-dienst mit. Am 1.Dezember 1895 trat er dann als Halbinvalide mit 6 Mark Pension den Weg zurück in die Heimat an. Am 3.12.1895 war Großvater wieder zu Hause in Neugersdorf bei seinen Eltern.

Konstantin Gottwald während der Militärzeit.

Kapitel 7   Auf Freiersfüßen

Im Dezember 1895 nun wieder zu Hause, es war die Zeit in der die Streichholzschachtel gefertigt wurden, half Großvater seinen Eltern bei dieser Arbeit.

Doch so konnte es nicht weitergehen. Als 23-jähriger Mann ohne Arbeit und Einkommen lag er seinen Eltern auf der Tasche. Eines Tages kam Vater Stefan mit der Nachricht nach Hause, es gäbe im Nachbardorf die Gelegenheit einzuheiraten in einen Hof mit Schmiede und Großvater solle sich das ansehen.

Großvater ging also los um sich diese Sache anzuschauen. Der Besitzer ein schon alter Mann (?) arbeitete in einer Eisenerzgrube, die Tochter 8 Jahre älter als Großvater (31 Jahre), das Haus in einem total verkommenen Zustand. Dazu gab es noch 3 Kühe etwas Kleinvieh und 38 Morgen Acker, aufgeteilt in 3 Parzellen.

Am 28. April 1896 ging Großvater auf den Hof. Da in der Schmiede sehr wenig zu tun war bestellte er die Frühjahrssaat und fing an das Haus zu reparieren. Das Haus war so baufällig das es sogar beim Essen in die Teller regnete. Als nächstes war die Heuernte dran und dann wieder Hausreparaturen.

Vater Stefan versuchte inzwischen die Heirat und den Kauf des Hofes zu regeln doch alles lief schleppend und zog sich endlos in die Länge, da man sich nicht einig wurde. Nach etlichem hin und her wurde auch Großvater beiläufig gefragt ob er denn nun Lust zum Heiraten hätte.

Als dieser das verneinte, sagte Vater Stefan zu seiner

Verwunderung: „Dann lass es!" Als dann auch noch seine Braut, in nicht gerade rosiger Laune meinte, dass sie beide nicht zusammenpassen und sie keine Lust auf die viele Arbeit hätte, fiel Großvater ein „Alp von der Brust" so freute er sich.

Ruckzuck machte er Feierabend, verschwand und ging zu seinen Eltern zurück.

Dort gab es allerhand Arbeit in der Landwirtschaft, so dass er gerne aufgenommen wurde und gleich mit mähen und pflügen anfing. Da alles barfuß gemacht wurde und Pechvogel Großvater auf einen spitzen Stein trat, er einen schlimmen Fuß bekam und nicht mehr helfen konnte, gab es so einen heftigen Krach, dass Großvater sein Bündel schnürte und nach Breslau zu einer Tante gefahren ist um sich dort auszukurieren. Somit begann die Fortsetzung seiner Wanderschaft.

Diese Wanderschaft endete auf Drängen seiner Eltern, welche ihn wieder nach Hause holten, damit Großvater die Schmiede im Dorf übernehmen sollte, da der Schmied schwer erkrankt war.

Nach Erledigung aller Formalitäten und ersparten 370 Mark in Gold, war Großvater am 13.Juli 1898 nun Pächter der Schmiede. 370 Goldmark waren zwar viel Geld, doch der Lehrling musste übernommen werden, Eisen und Kohle fehlte, die Pacht war fällig und etwas zum Leben brauchte Großvater auch.

Im September des Jahres starb der Schmied. Er hinterließ eine Frau und 4 Kinder, 2 Jungen im Alter von 23 und 28 Jahren und 2 Mädchen 20 und 26 Jahre.

Da der jüngste Sohn Großvater nicht gut gesonnen war, wollte Großvater nach dem Tod des Meisters die Schmiede wieder verlassen. Doch das „Weibervolk" bettelte das Großvater bleiben sollte. Die Witwe wollte ihm auch die Schmiede verkaufen, wenn er die jüngste Tochter zur Frau nehme. Großvater ließ sich bereden und bestellte einen rechtskundigen Mann, zum aufsetzen des Kaufvertrages. Der Kaufpreis betrug 4500 Mark, welchen sich die 5 Familienmitglieder teilten. Nun hatte Großvater eine eigene Schmiede und gleichzeitig eine Frau.

Großvater war nun innerhalb von 3 Monaten, bedingt durch den Tod seines Meisters, Besitzer einer Schmiede und bedingt durch die Schmiede, zu einer Frau gekommen. Es wurde nicht lange gefackelt und die Hochzeit auf den 22. November 1898 festgesetzt. Großvater, inzwischen 26-jährig heiratete an diesem eisigen Novembertag die 23-jährige Tochter seines ehemaligen Meisters.

Das elterliche Erbteil erhielt Großvater am Hochzeitstag von Vater Stefan. Er bekam 100 Mark, einen Kleiderschrank und 20 Mark für die Hochzeitsfeier.

Gleich am anderen Morgen in der Früh, nahm der Alltag wieder seinen Lauf, denn in der Schmiede war viel zu tun und Arbeit gab es genug.

Zur Freude der Schwiegermutter dementsprechend natürlich auch Geld. Unter Androhung von Schlägen, verlangte die Schwiegermutter, dass Großvater ihr jeden Pfennig abgeben sollte, ja sogar das Material für die Schmiede wollte sie ihm, aber nur bis zu einem gewissen Betrag, davon zuteilen. Natürlich war Großvater mit dieser Regelung nicht einverstanden.

So gab es deswegen immer wieder Meinungsverschiedenheiten, Drohungen und Streit.

Tatsächlich versuchten eines Tages seine Frau und die Schwiegermutter, ihn von hinten zu überwältigen und zu verhauen. Doch weitgefehlt, Großvater schnappte beide gleichzeitig und setzte sie ins alte Eisen. Dann war endlich dieses Thema erledigt.

Doch Ruhe und Frieden fand Großvater in dieser Familie nicht. Immer wieder ging es ums Geld. Die Erbteile für die anderen Kinder wurden von ihm verlangt, die Schmiede musste auch noch abgezahlt werden und unter Beschimpfungen und Beleidigungen wurde immer wieder Geld gefordert.

Sogar seinem Vater Stefan tat Großvater inzwischen leid und er wurde von ihm mit tröstenden Worte bedauert, wie: *„Dich trifft es auch immer!"* *„Du hast ja nur Pech!"*

Wie viel Kinder Großvater in dieser Ehe hatte, ist leider nicht bekannt. Doch es muss welche gegeben haben, da er schrieb: *„Es blieb mir kein Kind am Leben."*

Nach 10 Jahren Ehe, zwar oft am Ende seiner Kräfte und verbittert über die Familie, konnte Großvater 1908 den Rest seiner Schulden bezahlen. Doch lange hielt diese für ihn befreiende Situation nicht an. Seine Schwiegermutter, inzwischen eine recht korpulente Frau, erkrankte schwer. Da es auch zu dieser Zeit schon Heiratsverträge gab und Großvater unterschrieben hatte, für die Ernährung und Pflege seiner Schwiegermutter bis zu ihrem Ende aufzukommen, musste er nun auch noch dieser Pflicht nachkommen. Tag und Nacht fast stündlich musste die Schwiegermutter aus dem Bett gehoben, auf das Nachtgeschirr gesetzt, saubergemacht und wieder ins Bett gelegt werden. Den eigenen Kindern graute und ekelte es vor dieser Arbeit. Gott sei Dank, nach endlosen 19 Tagen, am 25. Januar 1909 verstarb sie dann.

Ein freudiges Ereignis in dieser Zeit war die Wahl zum Feuerwehr-Kommandanten.

Diese Auszeichnung war für Großvater eine Ehre. Ehrungen und Ämtern wurden Großvater im Laufe der Zeit noch mehr zuteil, was seine einzige Freude war und welche er mit Stolz entgegennahm. Um 1905 bekleidete Großvater das Amt des stellvertretenden Direktors der Sparkasse und 1911 wurde er zum Bürgermeister von Neugersdorf gewählt.

Doch das Schicksal machte vor Großvater keinen Halt. Im Jahre 1912 erkrankte nun seine Frau. Diagnostiziert wurde die Herzbeutelwassersucht. Trotz aufsuchen verschiedener Doktoren und Heilkundigen konnte sie niemand heilen.
Noch im gleichen Jahr am 23.12.1912, verstarb sie im Alter von 34 Jahren.

„Das war ein trauriges Weihnachten für mich, ja mich betraf alles. Das Alleinsein, das ist schwer. „

Doch damit nicht genug. Kaum war seine Frau unter der Erde, gingen die Streitereien, mit der restlichen Familie um das Erbe los. Sie verlangten von allem Inventar die Hälfte und noch 450 Mark.

Da Großvater keine Kinder hatte, hatte die Familie seiner Frau wohl auch Anspruch darauf. Doch dessen nicht genug, reichte ihnen aber das Erbe nicht und kurze Zeit später, als Großvater seines Amtes als Bürgermeisters in der Kreisstadt verweilte und spät abends nach Hause kam, war sein ganzes Haus ausgeräumt. Ihm hatten sie nur sein Federbett gelassen. Obwohl Großvater die Verwandtschaft auf die Rückgabe der Sachen gerichtlich belangen konnte, ließ er nur ein Hausverbot erteilen.

Nun stand Großvater ganz alleine da. Zum Trauern und Ärgern war keine Zeit. Er hatte seine Schmiede, Landwirtschaft und

Vieh, doch keinen Hausrat mehr. In dieser Situation:

„War ich gezwungen mich wieder um eine andere Frau umzusehen. Es gab auch etwas Passendes.

Eine ehemalige Köchin, welche elf Jahre in Berlin gearbeitet hatte und dann wegen eines Nierenleidens als Rentnerin in die Heimat zurückkam. Doch da wurde sie als gesund erklärt und ihr die Rente wieder gestrichen. Ohne lange zu überlegen, machte Großvater eine Anfrage wegen des Heiratens bei ihr. Diese willigte ein und erklärte Großvater sich vorher noch mal untersuchen zu lassen, denn eine kranke Frau würde ihm ja nichts nützen.

Als die Bescheinigung vom Arzt eingetroffen war, er könne diese Person ohne Bedenken heiraten, sie wäre gesund, wurde die Ehe geschlossen.

Am 19.Juli 1915 kam die erste Tochter zur Welt; nach zwei Jahren wurde noch eine Tochter geboren, doch diese verstarb nach 9 Wochen.

Konstantin Gottwald und seine 2. Frau Maria Schubert

Doch der Kummer wollte kein Ende nehmen. Bedingt durch eine Erkältung fing das Nierenleiden der Ehefrau wieder an. Wochenlang wurde bei verschiedenen Ärzten herumgedoktert.

Nach einem 3- wöchigem Krankenhausaufenthalt in Glatz, wo ihr eine Seite aufgeschnitten wurde und nur grüner Eiter herauskam, wurde sie nach Breslau in das Josefs-Krankenhaus gebracht, wo ihr dann eine Niere entfernt wurde.

Das Resultat war, Operation gut verlaufen, Patient tot. Da Großvater in keiner Krankenkasse war, kostete diese Operation ihn 420 Mark. Dazu kam noch die Überführung von Breslau nach Neugersdorf und die Beerdigung. Nochmals 1500 Mark in Gold gingen weg. Wieder einmal stand Großvater vor dem Nichts. Kein Geld mehr und keine Frau.

Dem nicht genug, verlor er durch Schiebung auch noch seinen Bürgermeisterposten.

„Da habe ich wieder an die Worte meines Vaters gedacht: Dir passiert auch alles."

Was blieb ihm also anderes übrig, als sich wieder um eine neue Frau umzusehen.

„Da wurde mir die zugeraten, die heute noch meinen Lebensweg betreut. Als ich sie fragte, wie oder wann, meinte sie, sie hätte kein Geld. Da habe ich gesagt, ich brauche kein Geld, ich brauche nur ein Weib."

Und so wurde Auguste, geborene Latzel, Großvaters dritte Frau und meine Großmutter. Großmutter gebar ihm drei Töchter. Anna, 10.11.1922, Martha 07.11.1925 und Hedel 14.12.1926.

„Ich bin mit Auguste zufrieden gewesen bis auf den heutigen Tag."

In der Inflationszeit verlor Großvater nochmals sein Geld und wieder musste jeder Pfennig umgedreht werden.

Soweit lebte er endlich zufrieden, bis im September 1946 die ganze Familie vertrieben wurde.

Kontantin Gottwald seine 3. Frau Auguste Latzel,
die Töchter v.l. Anna, Hedel, Lenchen (Tochter aus 2.Ehe
mit Maria Schubert) und Martha.

Auguste und Konstantin Gottwald
mit Pflegekind

Großvater hatte insgesamt 2 Pflegekinder in Obhut genommen.
Doch beide wurden nach 2-3 Jahren von ihren Eltern
zurückgeholt. Aus diesem Grund verweigerte er dann die
Annahme eines 3. Pflegekindes.

Kapitel 8   Eine neue Heimat

Im September 1946, bedingt durch den 2.Weltkrieg und die Besetzung Schlesiens durch Polen, wurde die ganze Familie binnen kurzer Zeit aus ihrer Heimat vertrieben.

„Ich war 48 Jahre selbstständig gewesen und musste die liebgewordene Scholle verlassen. Meine schönen Kühe und das andere Vieh im Stich lassen. Das hat mich in der Seele erbarmt."

„Am 23.September 1946 früh 6 Uhr kam die Nachricht: In einer halben Stunde raus und fort. Mitnehmen durften wir, was wir tragen konnten, alles andere mussten wir zurücklassen. Da haben wir in der Eile die allernötigsten Betten eingepackt und Wäsche dazu. Ich hatte im Rucksack ein paar Brote, einen kleinen Koffer in der Hand und eine Zudecke auf dem Rücken. Die Mädel hatten etwas bessere Wäsche mitgenommen, das wurde alles in Bad Landeck von den Polen wieder abgenommen."

Nach mehreren Tagen, zu Fuß und dann verfrachtet in Viehwagen, kam die Familie nach Elsterhorst ins Lager. Dort wurden sie registriert und auch festgelegt, dass Großvater als Bauhandwerker nach Leipzig soll. Weiter ging es wieder im Viehwagen, dichtgedrängt mit noch ca. 30 anderen Personen in einem Waggon, bis nach Leipzig ins Lager.

Am 25. Oktober bekam mein Großvater mit Großmutter und Tochter Martha die erste Wohnung zugewiesen. Ein Zimmer mit Küchenbenutzung zur Untermiete.

„Aber, oh Jammer, nichts zu essen, keine Feuerung, kein Geld."

Dazu noch eine feindselige Vermieterin, welche die Küchenbenutzung erst gar nicht erlaubte. Tochter Anna mit Sohn Johannes war bei einer Familie Karl Müller untergekommen. Frau Müller erkannte die große Not und schickte Hilfe in Form von Kartoffeln und Kohle, wofür ihr die ganze Familie bis heute noch dankbar ist. Einige Zeit darauf gab es Lebensmittelmarken und alle dachten nun hat der Hunger ein Ende. Doch weit gefehlt. Brot gab es 3 Pfund für die ganze Woche, zwar auch Kartoffeln, doch die waren durch die eisige Kälte im Winter 1946/1947, alle erfroren und nicht genießbar. Kurz vor Weihnachten schickte die älteste Tochter Lenchen aus Braunschweig ein Päckchen mit essbaren Köstlichkeiten.

„Da sind mir vor Freude die Tränen über die Wangen gelaufen."

Gab es Brot unter der Hand zu kaufen, wurde dieses für 75 Mark ein Laib, ergattert. Auch Zucker konnte man ab und an bekommen, dieser kostete gleich 100 Mark. Aber um den Hunger etwas zu stillen, war es das Geld wert. Meine Großmutter und Mutter gingen auf die Felder stoppeln, doch da es fast alle Leute machten, kamen sie oft nur mit einer Hand voll Möhren und Rübenblättern wieder.

Da die Unterkunft sehr klein war und Tochter Martha Zuwachs erwartete, nämlich mich, bemühte Martha sich um eine größere Wohnung und wurde in der Wittenbergerstraße fündig.

Am Silvesterabend 1946 fand der Umzug statt.

Doch nun kamen sie von dem Regen in die Traufe. Jeden Tag gab es fürchterlichen Krach mit der Vermieterin wegen angeblich zu hohem Stromverbrauch, zu viel Gasverbrauch, zu viel Verbrauch an Brennmaterial. Jeden Tag war es etwas anders, obwohl alle Holzsammeln gegangen sind und es abgeliefert haben, doch nichts half. Großmutter kam jeden Tag weinend aus der Gemeinschaftsküche und wäre wohl reif für die Irrenanstalt, wenn sie noch lange dort wohnen bleiben. Gab es wirklich mal ein Stückchen Fleisch, wurde dieses im Aschekasten im Stubenofen gebraten, um diesem Ärger zu entgehen. Am 3. Januar 1947 kam Tochter Martha in die Klinik zur Entbindung. In dieser Zeit gab es jeden Tag Kartoffeln mit Salz.

Anfang Februar 1947 verzog eine bekannte Familie nach Westen. Der Mann hat Großvater in diesem Zuge eine Genehmigung für eine Fahrkarte nach Nordhausen besorgt, von wo aus er über die Grenze zu seiner Tochter Lenchen nach Braunschweig konnte. In der Frühe 7.30 Uhr sollte der Zug abfahren, doch die Lok war kaputt. Endlich gegen Mittag ging es dann los, leider schaffte es die Lok nur bis Halle/Saale, das bedeutete wieder aussteigen, 2 Stunden warten, wieder einsteigen und hoffen das alles gut geht. Es ging aber nicht gut. In Sangerhausen gab die Lok dann endgültig auf. Alle Passagiere wurden in ein eiskaltes Gebäude eingewiesen und dieses auch noch abgeschlossen. Außer vor Kälte zittern, konnte man sonst nichts machen. Irgendwann ging es dann weiter bis Nordhausen.

Der Anschlusszug nach Ellrich war natürlich weg und keiner konnte genau Auskunft geben ob und wann der nächste Zug fuhr.

Also wurde gewartet, und dieses ca. 8 Stunden.

„Da ich nichts mehr zu essen hatte und neben mir eine Frau stand, die noch einige Schnitten besaß, habe ich ihr eine Scheibe Brot für 1 Mark abgekauft.

Inzwischen Abend geworden ging es dann weiter bis an die Grenze. Ab der Grenze ging es dann Bergauf und Bergab zu Fuß weiter bis Walkenried. Dort angekommen fuhr ein Zug über Northeim bis nach Kreiensen. Wieder hieß es aussteigen und im Wartesaal übernachten, weil der Zug nach Braunschweig erst den anderen Morgen gegen 5.oo Uhr fuhr. Endlich in Braunschweig angekommen war noch ein letztes Stück bis zu dem Ortsteil Thune zu überwinden. Es war Sonntag und Großvater musste sich mühselig durchfragen und den Weg zu Fuß zurücklegen, da keine Verkehrsmittel fuhren. Das letzte Stück zog sich über drei Stunden Fußmarsch in Wind, Kälte und Schnee hin. Mittags gegen 12.00 Uhr war Großvater endlich bei seiner Tochter und ihrem Mann. Beide erkannten ihn erst nicht, denn das Gesicht, der Bart und der ganze Mann waren voller Schnee und Eis. Doch dann war die Freude groß. 6 Wochen blieb Großvater in Thune. Für ihn war häufig Kartoffelschälen angesagt, denn auch da waren die Kartoffeln erfroren und das Beste davon wurde zum Kartoffelplätzchen backen genommen. Als Großvater nach Leipzig zurückfuhr und ging, hatte er den Rucksack voll mit Lebensmittel, welche er in dieser Zeit geschenkt bekam.

Zu Hause war die Freude groß, als er wieder eintraf und seine Schätze auspackte. Im April wagte Großvater dann noch einmal diese Tour, denn der Hunger war groß. Ab Sommer 1948 wurde die Ernährung dann etwas besser. Es gab Möhren, Kohl und rote Rüben zu kaufen.

Am 24.9.1948 wurde erneut umgezogen. In die Bleichertstraße 4, zu einer Familie Struckmann. Dort haben es alle sehr gut angetroffen. Frau Struckmann sagte öfters zu Großvater: „Wir sind Alterskameraden."

„Schade um diese Frau, sie war sehr human."

Nach dem Tod der Eltern, führte die Tochter, Fräulein Pauline Struckmann, den Haushalt weiter. Großmutter half ihr etwas im Haushalt und sie betrachtete die Großeltern als Ihre Eltern. Großvater:

„Bis zum heutigen Tag leben wir mit ihr in gutem Einvernehmen."

Von meinen Großeltern wurde nie über die Flucht und das Erlebte gesprochen.

Doch ich weiß, mein Großvater hegte immer die Hoffnung, eines Tages in seine Heimat zurückzukehren.

Für diese Rückkehr hatte er vorgesorgt und auf die Schnelle noch in Neugersdorf einen Koffer mit Schmiedewerkzeug, im Garten vergraben.

^

Auguste und Konstantin Gottwald 1966

Großvaters Lieblingsplatz im Sommer. Eine kleine Anhöhe, im Leipziger Garten hinter dem Haus. Er saß immer auf der grünen Bank, von wo aus man den ganzen Garten überblicken konnte. Dort wurde auch Kaffee getrunken und Skat gespielt.

Es war der Garten von Pauline Struckmann. Großmutter pflegte ihn, baute dort Gemüse und Kräuter an und wir Kinder durften darin spielen.

Gezeichnet von Pauline Struckmann. Als Glückwunschkarte zu Großvaters Geburtstag.

Anmerkung

S C H A D E!
Das waren meine ersten Gedanken, als dieses
Büchlein fertig war.

S C H A D E,
dass Großvater oder auch Großmutter nicht noch mehr von
dieser, IHRER ZEIT, uns hinterlassen haben.

Doch wir können eine Kleinigkeit daran ändern, nämlich die
Erinnerungen und Erlebnisse unserer Familien einbringen und
festhalten, bevor es zu spät ist.

Also, liebe Familie, vielleicht sogar Bekannte, Freunde oder
Interessierte, wenn euch dazu etwas einfällt, schreibt es auf und
lasst es mich wissen.

Wäre es nicht wundervoll evtl. ein 2. Büchlein, mit noch
mehr Details, Erinnerungen und Erlebnissen in der Hand
zu halten?